fevrier 1902

VENTE DU MARDI 4 FÉVRIER 1902

HOTEL DROUOT, SALLE Nº 8

à deux heures

OBJETS D'ART

ET DE

CURIOSITÉ

ORIENTAUX ET EUROPÉENS

FAIENCES, MANUSCRITS PERSANS, JADES

ARMES, OBJETS VARIÉS, CUIVRES

Plateau en cuivre gravé arabe du XIVᵉ siècle

CHANDELIER EN BRONZE PERSAN DU XVIᵉ SIÈCLE

Étoffes — Tapis

EXPOSITION PUBLIQUE

LE LUNDI 3 FÉVRIER 1902

DE 1 HEURE 1/2 A 5 HEURES 1/2

<table>
<tr><td>COMMISSAIRE-PRISEUR</td><td>EXPERTS</td></tr>
<tr><td>Mᵉ PAUL CHEVALLIER</td><td>MM. MANNHEIM</td></tr>
<tr><td>10, rue Grange-Batelière</td><td>7, rue Saint-Georges</td></tr>
</table>

CONDITIONS DE LA VENTE

Elle sera faite au comptant.

Les acquéreurs paieront *dix pour cent* en sus des prix d'adjudication.

L'exposition mettant le public à même de se rendre compte de l'état des objets, il ne sera admis aucune réclamation l'adjudication prononcée.

Paris. — Imp. de l'Art, E. Moreau et Cⁱᵉ, 41, rue de la Victoire.

DÉSIGNATION DES OBJETS

FAÏENCES ET PORCELAINES

1 — Crachoir en faïence persane émaillée vert, garniture de cuivre.

2 — Cinq pièces : trois carreaux et deux fragments variés, décor en bleu et à reflets métalliques, fleurs, oiseaux et bordures d'inscriptions. Ancienne faïence de Perse.

3 — Deux plats : fleurs. Rhodes.

4 — Deux petits vases : faïence persane.

5 — Bol à reflets, persan.

6 — Six pièces : deux statuettes, porcelaine de Saxe, une statuette genre Saxe, théière et potiche, Chine, et petit pot à lait, porcelaine.

7 — Neuf pièces variées, faïence persane, vases, bols, porte-fleurs, etc.

8 — Vingt-trois fragments et carreaux d'ancienne faïence persane, à reflets métalliques.

9 — Quatre plats, faïence de Perse.

10 à 14 — Lot de carreaux, fragments, etc., en faïence orientale, espagnole, etc. De diverses époques. (Sera divisé.)

15 — Tableau composé de neuf carreaux variés d'ancienne faïence de Damas.

16 — Deux plaques en mosaïque de faïence marocaine, à dessin régulier.

OBJETS VARIÉS ORIENTAUX

17 — Collier de femme de Bethléem, orné de pièces de monnaie.

18 — Trois petits bracelets orientaux variés, en métal.

19 — Coffret bois, et deux brûle-parfums, bronze de la Chine.

20 — Coffret en bois incrusté d'ivoire, gravé à décor de fleurs, feuilles et rosaces ; tiroirs à l'intérieur. Ancien travail persan.

21 — Coffre oriental en fer.

22 — Trois diadèmes et une paire de bezima, garnitures de corsage ; travail kabyle.

23 — Deux miniatures : l'une indienne, l'autre persane, à personnages.

24 — Tableau persan, peint sur toile : portrait d'homme en pied.

25 — Quatre carafes de narghilés variées, en métal, dit bidri, décor de fleurs, rinceaux, quadrillés et bandes ornées. Travail oriental.

26 — Grand kama à poignée de corne, avec garniture de fer damasquiné; lame incrustée d'or à arabesques; avec fourreau.

27 — Trois sabres persans, à lames courtes, avec fourreaux.

28 — Kama, avec fourreau et poignard à manche de fer.

29 — Cinq boîtes de miroirs, décorées au vernis. Perse.

30 — Dessus de buvard verni et quatre miniatures. Perse.

31 — Coffret au vernis et deux boîtes, bois sculpté. Perse.

32 — Manuscrit persan, orné de nombreuses miniatures : histoire du shah Naami.

33 — Manuscrit persan, avec miniatures; reliure au vernis.

34 — Manuscrit persan, avec lettres ornées, encadrements, etc.

35 — Manuscrit persan.

36 — Un volume. Koran, imprimé.

37 — Casque, brassard et rondache, fer damasquiné. Perse.

38 — Trois haches, deux fers de lances, long poignard, couteau et kriss.

39 — Quatre poignards marocains, dont un droit.

40 — Sabre à poignée de corne, fourreau de velours rouge et métal. Ancien travail marocain.

41 — Vase à trois pieds, bronze chinois.

42 — Boîte à miroir, mosaïque de Chiraz.

43 — Plumier, décor au vernis. Perse.

44 — Pulvérin circassien, argent niellé.

45 — Bouteille, argent uni. Travail oriental.

46 — Douze pièces variées, bronze, émail, etc. Chine.

47 — Chauffe-main sphérique, cuivre. Chine.

48 — Cinq pistolets, tromblon, kathar et deux fontes.

49 — Coupe, jade gris uni. Chine.

50 — Crachoir, jade gris gravé. Chine.

51 — Petite coupe à deux anses, jade gris. Chine.

52 — Cinq pièces : disque, vase de fleurs repercé, figurine, groupe et dauphin. Jade gris. Chine.

53 — Petit vase-balustre, jade gris. Chine.

54 — Huit pièces : deux petits vases, gobelets, etc., pierre de lard. Chine.

55 — Deux fume-cigares, agate.

56 — Yatagan turc.

57 — Deux sabres et deux poignards japonais.

58 — Coffret à tiroir en marqueterie d'os, de nacre, etc. Travail arabe.

59 — Petit panneau en bois sculpté, à motifs réguliers. Ancien travail égyptien.

CUIVRES DE L'ORIENT

60 — Bassin, cuivre étamé.

61 — Narghilé émaillé et crachoir cuivre. Perse.

62 — Aiguière et bassin, cuivre doré ; travail turc.

63 — Deux fragments de narghilés, l'un en cuivre avec incrustations de turquoise, l'autre en fer incrusté d'or. Perse.

64 — Huit pièces, en cuivre émaillé de la Perse : gobelet, petit plateau, quatre médaillons et deux fragments de narghilés.

65 — Écritoire en cuivre gravé, présentant deux récipients, décorés de feuilles, ainsi qu'une longue poignée ornée de rosaces sur fond carrelé, avec inscriptions sur la tranche. Travail arabe du XVIe siècle.

66 — Petit bassin en cuivre gravé, damasquiné d'or et d'argent, à décor d'inscriptions, entrelacs et rinceaux. Ancien travail persan.

67 — Base de chandelier en cuivre gravé et damasquiné d'argent, présentant une inscription interrompue par deux rosaces ; bordures de petites feuilles. Ancien travail persan.

68 — Chandelier en bronze, damasquiné d'or et d'argent, à décor de cavaliers, personnages, rosaces et animaux, bordures d'inscriptions. Travail persan. XVIe siècle. — Haut., 24 cent.

69 — Grand plateau rond en cuivre gravé, présentant une rosace centrale bordée d'une course d'animaux : alentour, de larges inscriptions interrompues par trois autres rosaces offrant au milieu une petite inscription : ces inscriptions se traduisent les unes par : « Gloire à notre seigneur le sultan El melik as Salih Inrad ed dounia ouad eddine (c'est-à-dire, le roi pieux, soutien de la morale et de la religion), Ismaël, fils du sultan El melik

en Nacir » ; les autres par : « Gloire à notre sultan le roi ». La bordure et la chute sont décorées de feuilles. Au revers, sur le bord, la signature : « Avec la marque du maître fabricant Ahmed ben Salah ben Abdel Kader. » Travail arabe du Caire. XIVe siècle. — Diam., 85 cent.

70 — Chandelier en cuivre gravé, à base ornée d'inscriptions et d'ancien travail arabe.

71 — Bassin à déversoir en cuivre gravé et étamé. Travail oriental.

72 — Plateau ajouré, cuivre étamé, travail syrien et trois fragments de narghilés persans en cuivre.

73 — Amorçoir en cuivre. Ancien travail persan.

74 à 77 — Environ trente-trois pièces variées, cuivre et métal persans : bassin, bol, fragments de narghilés, plats, etc. (Seront divisées.).

OBJETS VARIÉS

78 — Pulvérin, corne.

79 — Grand vase en verre.

80 — Trois flambeaux, émail peint, genre Limoges.

81 — Aiguière et plateau, cuivre gravé, genre Persan.

82 — Oiseau en argent.

83 — Petite coupe, bronze émaillé. *Maison Barbedienne.*

84 — Petite lampe, verre moderne.

85 — Petite pendule en argent, à motifs Louis XIV.

86 — Petit plateau en étain, bordure à personnages. Travail allemand.

87 — Cartons d'affiches illustrées, et deux figures découpées japonaises.

88 — Trente pièces, fer et cuivre.

89 — Miroir à barbe, bois tourné, avec glace.

90 — Cadre, écaille et ébène.

91 — Petit obélisque, granit rose.

92 à 94 — Cinq mortiers. (Seront divisés.)

95 — Dix pièces, bronze : vases, chandeliers, etc.

96 — Onze pièces, fer, cuivre et étain.

97 — Neuf pièces, fer, deux moulins à café, un grelot.

98 — Sept socles, marbre et agate.

99 — Huit pièces : kris, fers de lances, poignards variés.

100 — Quinze pièces : bloc de cristal de roche, buffle en pierre de lard, livre de messe, ivoires variés, etc.

101 — Deux petits bustes, l'un de jeune fille en biscuit et l'autre de sainte femme en marbre blanc.

102 — Petit buste en bronze : portrait de Bréguet.

103 — Deux vitrines plates.

104 — Vingt-trois pièces, armes variées.

105 — Éventail en ivoire, décoré au vernis dit de Martin : musiciens dans la campagne. XVIIIe siècle.

106 — Éventail à monture d'ivoire ajouré et peint; sur la feuille, allégorie de l'Hymen. Époque Louis XV.

107 — Montre à répétition, en or ciselé et partiellement émaillé, amour et rinceaux. Cadran signé : *Moyvin et Amiel, à Genève*. Fin du XVIIIe siècle.

108 — Châtelaine en or, avec petites plaques émaillées. Fin du XVIIIe siècle.

109 — Bracelet enrichi de roses montées argent. XVIIIe siècle.

110 — Deux montres anglaises.

111 — Grand peigne espagnol en écaille.

112 — Éventail en écaille.

113 — Clé de coffret en argent, au chiffre de Louis XV.

114 — Cuillère en argent, à poignée ornée d'un mascaron. Ancien travail hollandais.

115 — Reproduction galvanoplastique d'une horloge du xvie siècle, à nombreux cadrans, décor de personnages et rinceaux.

116 — Torchère en fer ciselé à feuillages.

117 — Brasero et cuiller en cuivre ; dans une monture en bois avec applications de cuivre. Espagne. xviie siècle.

118 — Collier styrien en métal.

119 — Lot de ferrures, pentures, etc., d'ancien travail espagnol et français.

120 — Grand et petit panneaux en bois sculpté, peint et doré, à décor d'oiseaux et d'arbustes. Époque Louis XV.

ÉTOFFES, TAPIS

121 — Coussin en coton brodé. Travail oriental.

122 — Bande d'ancien satin brodé ; quatre mètres.

123 — Cinq gilets persans.

124 — Tapis à motifs réguliers sur fond jaune. Ancien travail du Maroc.

125 — Tapis touareg, fond vert, à haute laine.

126 — Trois petits tapis en velours de Scutari.

127 à 132 — Six tapis en coton brodé, à dessins variés.
Ancien travail des colonies portugaises.

133 — Tenture en ancien velours rouge et vert.

134 — Tapis en mosaïque de drap de Recht.

135-136 — Quinze pièces, étoffe orientale, variées.